詩集

死者たちの歌

ピエール・ルヴェルディ 著

佐々木洋 訳

Pierre Reverdy
1889-1960

目次

目次

表紙絵
Bullfinches（1885）
Bruno Liljefors
Public Domain

死者たちの歌

ピエール・ルヴェルディ 著

彼の頭は黄金で満ち溢れ…

彼の頭は黄金で満ち溢れ
両足は砂の中に拡がっている

ゴムの筋肉をした
人間の根に絶望してはならない
大地を旗へとネジ止めする竿を
抛《ほお》ってはならない
また　ランプの心を粉砕してもならない
気が抜けた血の泉
腹の傷が　小川の房飾りの付いたその財宝を
売りさばくとき

白夜の鉄道の中には
　煙突はない
病院の地下室の中で　凍りついた夜
大地は　影の拡がりのように平たく
血を吸い込む　灰の死骸

それは　数たちの筋跡の　目覚めの災厄
臍に眼がある　伝説上の生き物たちの災厄
昏い日々の大河がその水源を持つのは
夏の鞍部の太陽の　黴の中だ
そして土砂降りの雨の中の　孤立無援の視線
水路へと抛られた　紐を解かれた誇り
干からびた苔の　色のない絨毯
渇きで焼けた喉の中で

より硬く　より鈍く　より軽い足取りたちが
恥辱のリズムを打つ

振り子たちが　軒樋《のきどい》の中の冷気のために死ぬ
そして耳の中の狼の飢え
我らは一撃で田園を打つ
我らの喉は田園で満ち溢れていた
道や畝溝は　大理石や鉄で出来ていて
苦しみの生け垣が　憎しみの野原を縁取る
それから　我らにはもはや恐怖する理由はない
希望のためにしか　もう場所はない
貧窮の砂漠の中では

軽蔑の消灯の鐘が　すべての瞼を
　閉ざすとき

我らは喉の中に保たれていた歌たちを
長い間呼吸していた
夜の引き潮　あるいは上げ潮の中で
苦悩が満ち満ちた海にあったとき
沈黙が　滔々と憩流する
忘却の裂け目たちの間で
我らは　鎖に繋がれた唯一の奴隷ではなかった

あまりにも遅れて　恐怖が手足を砕く
凪は我らの不安を積み重ねる
あまりにも遅れて　いつも降りてゆかなければならない
無限の中を　一歩一歩
悪夢の詰め綿が　すべての扉を塞ぐ
そして　それは屋根の上ではより重く感じられる
死んだ街の　通りの中で

指の間の垢のように

墓たちの迷路の中で　教えられた足音
これら誇りのない家々　石化した墓標は
夢想の毒液を放出する
そして　ひどく穢い川の岸辺で
暗礁の方へ追い回され　戻ってきた男
沈泥《シルト》の中には夜の肩たち
塩の月の　渓谷
心は自らのガスを燃やす
精神は粉々になる
袋小路で　肉の欄干が立ち上がる
それから　裸体の　若々しく肥えた女
彼女は　微笑みの時を過ごす
控えめな身振りとは　あべこべの緯《よこ》糸の中で

季節の麻酔薬
腐敗の香り
ドアの光線の下で
黒いカーテンの間で
後悔の武器飾りの中では
目覚めた朝の　腫れ上がった唇
困難な後退に揺すぶられた胸の中には
もう　何もすることがないことへの嫌悪

睡《ねむ》りの奇跡
轍の中で縛られた両手
両足は　天へ向けられて

(Il a la tête pleine d'or ...)

水の中に溶けた貌…

水の中に　沈黙の中に
溶けた貌《かお》
喉の上には　あまりの重さ
広口瓶の中には　あまりの水
逆さになった　あまりの影
斜面の上には　あまりの血
決して終わりはしなかった
この　クリスタルの夢

(*Figure délayée dans l'eau…*)

流刑の飾りなき窓たち

斜面の黄昏の中で
森の木々のかかと紐で
彼は　それほど待たれてはいない
ただひとつの一瞥
私は泉たちの秘密を嗅ぎつけた
この棺《ひつぎ》の隠れ家の中で
変わりやすい天気の線で
何一つ　考えるな
彼が話さなければならなかった　僅かなことの下《もと》で
彼は虚無を引き止めた
姿を現す　厳しい冬

手を差し出すこと
そして　船の積載量の上には
苦悩のまったくない　音たち
愛　狂気　錯乱
あなたには　それが何でもないことが分るだろう

(*Les fenêtres nues de l'exil*)

失われた部分

私たちをほとんど進入させない回り道の中の
微笑みの献呈
決して失われることのない　もうひとつの絆の網目が
息づく肉体をかきたて
君の手の中で　吐息をこらえている
一枚の翼が私のこめかみで閃く
明日　私は出て行こう
そして　脱輪した蒼い汽車の中には
想い出の葉という葉
夜よりも低いランプ
癒すことのできない恨み

すべては夢想の数を数えあげることに
気に入られるための嘘
気弱になりもせずに
二人が互いの死を知るための回り道には
もはや　誰一人として居はしないだろう

(*Partie perdue*)

戦争の微光で…

戦争の微光で
受刑者たちの拒絶で
すべてのガラスの牢獄
愛が　それを閉め直した

(*À la lueur de la guerre...*)

浅瀬で

生き生きとした荒地《ランド》の上で　無垢で誇り高く
彼女は　枝々の銀を篩《ふるい》にかける
彼女は　歌う葦たちを乾かす
曲がりくねった橋たちのアーチの下で
彼女は　虚偽の噂を急に打ち切る
彼女は　風のお下げ髪を三つ編みにする
彼女は　自分を包《くる》む夜を織り上げる
彼女は　黒パンを細かく砕く
彼女は　流れる血を止血する
禁じられた涙の星散りばめられた足跡の上を
そして今　破壊された影

突風の流れ中で皺くちゃになって
逃走の磯浪で
死を漁《すなど》る漁師
もっと遠くへ行こう
もう誰も聞いてはいない
悔恨の奈落の底へ　行こう

（*Au bas-fond*）

地面に鋲どめされた足…

地面に鋲どめされた足
錨でねじれた手
そして　精神のインク
色のない松脂
君の微笑みがそこに皺を作る
額の勾配の上で
空のない瞳の奥で
死の　序文

(*Les pieds rivés au sol…*)

高度の飢餓

直立した血の温度計
氷結した夢想の温度計
白い砂漠の中に忘れられて
立派な装いの鏡の中で重んじられて
下品な欲望たち
擦り減ったすべての鞘
擦り切れた躍動たち
すべての愛
すべての　ほどかれた憎悪
あらわな　剥き出しの乳房
そして　深く打ち込まれた頭

前かがみのブロンドの肩たち
地底の遍歴によって荒らされた腹
高齢の昏い意思たち
幽閉された　漠とした恋心の
　重苦しさとともに
結局　これは何のことなのか？
彼女が私に与える　飢えと　あらゆる心配の種

（*les hauts degrés de la famine*）

私には選べない…

私には自分が言いたいことを選べない
　縮緬《ちりめん》が輝く
祭りは　最高潮だ
風に漂う心
夜は　私の標的の役目を果たしてくれる
萎れた日々の篩の中で
君の頭髪の
　蠟と　蜜がある
朝の　上げ潮の中に

(*Je ne peux pas choisir…*)

繋ぎとめておくための頭

炎の　かなりの暴発
森の底の防御柵の上で
涙を免れた霧
露のスカーフの下で
葉巻《シガー》の　ざらざらした香り
落ち葉の　密かな火
君の微笑みを織り上げる　割れた光線
己れの恐怖のヴェールの下　消された貌《かお》
それは行く　それはやって来る　それは立ち去る
蠟の中には蜜の光線
君の心には苦い涙

沈黙の中を　愛が戻ってくる
君の額の上の手の重み
そして　いつも頑な死
強欲な　死

(*Tête à tenir*)

失われた径——滑走路

私は灰の柱たちの下に身を横たえた
そして　君は黄金の円柱の上に登った
不運の深みへと　私はもう降りて行くことはできない
空は追い越され
死へ向けて張り出している
あまりに暗い輪郭から　私は逃走した
そして　もう戻ることはできない
私は自分の顔の表情を　塩で覆い隠した
そして　私がそこから隠遁した世間には　もう私の場所はない
捜せ　太陽の中に
捜せ　暗闇の中に

捜せ　君の心の中に　あり得ない木霊を
君自身の裡にある　流刑の物憂さの筋跡へ向けて
もっと　高く

(*Chemin perdu – piste d'envol*)

火の糸

大地は自らの衰落で糸を紡ぐ
大地は　朝の蒼い光に煌めく埃で
満たされて
噴火口の火花で
自らの投槍をつまぐる　熱いまなざしで
崩れ落ちる夢たちの　化粧した瞼で
幻想の泥土が歩道を溢れ出す
両手の苦悶の中で
垂れ下がる空虚な言葉
心がそこに長く漬かる　底深い甕
私のすべての血は　酢のように

不運の結び目のあるロープの上で
私は自分の体中の採寸をしていた
そして　私は今　新しい合図までの時を眠る
誤った入り口たちから切り離されたトンネルの中で
残忍さと　私を待つ緩んだ痛みに満ちた
重い夜に

（*Le fil de feu*）

私が口ずさむリフレイン…

私が口ずさむリフレイン
彼を力づけるリフレイン
それをくれたのは彼ではない
両手の中で　彼は私からそれを奪い去った

(*Le refrain que je fredonne…*)

嘘をつく沈黙

待て　待て
松明《たいまつ》の煙の中で穏やかに
突風がリズムをつけた　猛り狂った息
地上の生命《いのち》で満ち溢れた　穀粒の筋跡が
少しずつ　轍を埋める
己の発条《ぜんまい》を取り換えた風が　ぎいぎいと鳴る
征服された運命に　狂ったようになった競争《レース》の中で
黒　あるいは白
しかし　額には赤が
誰かがそこで炉を暖める空の内部で
君の猿轡《さるぐつわ》を捻じり取る刻《とき》を待て

口は　噛みつくためにもまた　作られている
涎を垂らし　そして畝溝を穿つ汗を飲むためにも
笑うためにも　嘘をつくためにも
君の解放を歌うためにも
傷跡のように　薔薇色で　生き生きとして
彼女は以前よりも美しかった
しかし　彼女はもはや　何を言うべきなのか分らなかった

（*Le silence qui ment*）

男たちの重さ

その林檎の裸体の中に真っ直ぐ立った娘
槍と歌に覆われた
理由なく飛び立つ
光の痩せこけた植物たちに覆われた
男たちの恥辱の前で
苦い笑い　苦悩の笑い
我らの半球には　もはや何もない
飲むものはない
語ることはない
見るものはない
精神の上で　より厚いヴェール

顔の上の覆い
彼は柩車のように歩く
彼は雪の上の狼の足跡をたどって歩く
罠と裏切りで
道に迷った沢山の男たち
心臓と頭の間で　断ち切られた沢山の絆
沢山の難破船
雪とともに　砂とともに
泥土とともに　雨とともに
像《イマージュ》を想い出を物音を　消し去ること
窒息させること
もはや何一つ聞かず
また　見ないこと

（*Le poids des hommes*）

虚無の感覚

私がそれを判読することが出来ない　乗り越えるべきこの輪郭
死以外に何一つ意味しない
とてつもないこの形たち
最も公正価格である　死
秤にかけられた肉体《からだ》の重み
そして　距離の奇妙な回り道
港で合流する糸の端には
他の徒労の大浪たちへ向けて　明日の出発
熱のない炉床への　確かな帰還
灰の下で　決して褪せることのない一つの苦しみ
燠《おき》も　石炭も　炎もなく

人は現実的なことは何も考えない
空よりも大地について考えるということはなく
沈黙より木霊について考えるということはなく
ましてや眼差しの矢についてなどなおさらない
解かれ　ほどかれ　断ち切られた
希望の　結び目

（*Le sens du vide*）

牢獄

私は偶然の心地よい翼に捕えられた
私はそれを言うのを忘れていた
私は距離の感覚を失っていた
現在《いま》の氷解の中で
理性の頑丈な網の中で締め付けられて
正確な力に窒息させられて
私は家の周りを　理解することもなしに歩き回った
座って　立って　錯乱の中で道に迷って
そして　昏い境界へ再び登る記憶なしに
もつれる両手の中に保持するものはもう何もない
指の間で引き留めたり　拾い集めたりするものはもう何もない

水や　風の
滑り込む　反射しかない
私の目の中の
透きとおった濾過紙
そして　本性を変えた欲望の血
像《イマージュ》　たち
像《イマージュ》　たち
栄養をつけるための　いかなる実体もなく

（*Prison*）

火も炎もなく

限りない悲しみが　私を君の巻き毛へと縛りつける
君の心の巻き毛
君の額の巻き毛
私は二度と一息つくことはないだろう
逆流に置かれた私の走行で
血管の　終わりのない回路の中で
君の両手の翼の許しのない　飛翔の中で
私はまだ　君に言い終えていなかった
窓を閉じられた離れの部屋
酒倉の　香りのない空気
階段を上がるごとの滝の音

そして　戸口には人影ひとつなく
不毛な土地の家　いつも陽光とてなく
たとえ君に会えるとしても
たとえ両のこめかみの厚さを通して　君の声を聞けるとしても
鳴り響いているのは　君の声ではない
私の瞳の底にあるのは　君の横顔ではない
しかし　より遠くにある焔が　その枝々を擡《もた》げてゆく
氷河が夜に　己のダイヤモンドを撒き散らす
私たちを隔てる　折り目のない夜
夕陽の遺灰から昇った　忍耐強い夜

(*Ni feu ni flamme*)

弱音器

私に何かを与えてくれるものは何一つない
そして　私が彼に与えたもののために
彼は私の仕打ちに善意を持って応じてくれはしない
私はとにかく彼を赦さなければならない
一人の男　ひとつの茎　ひとつの絆
言葉以上の重みはなく
私を陽気にする絶望が　私のものである
すべてを奪う
ついに　すべては虚空の中にいる
決して一杯になることのない記憶の引き出し
影の縁と　ランプの細ひもの間で

私の手を落ち着かせる　物質の重み
世界の身体《からだ》を素描する
血の描線たちの間を　私はうろつく
時のもつれの中で　夜の近くで
ほどかれた大地
君の額が覆い隠す　すべてのものから
彼は陽光のひと筋を濾過する
ドアの下の　炎の輪郭のように
君の唇の言葉たちを通って

（*Sourdine*）

見捨てられた頭

伝説の精霊が十二月の炉の前で
　蹲《うずくま》った
彼は生よりも病苦に執着している
彼は壊れやすい火葬台を立てる
彼は灰の下で開かれた瞳に向けて　息を吐く
明り取りの小窓の付いた　生暖かい部屋の中で
　愛の心の　支柱
外形のない　そして身元のない女
南北両極圏のしるし
葡萄棚を支える　虹の両腕
そして　その蝶番《ちょうつがい》の上を音もなく遊ぶ頭

夕暮れの果てで　カーテンが垂れ下がる
閉まりの悪い戸口が身を起こす
そして　時のもつれの中には
嵐がその目隠しを解くだろう　率いられた群れたちの
　導き手
心の風見鶏が　絶えず向きを変える

（*Tête déserte*）

私の暗室

籠《かご》の底で　輝く希望の断面
骨と入り混じった　より濃密な紅い肉
金箔によって境界を決められた　赤紫のスカーフ
彫像の睡《ねむ》りの　もっとも厳しい角度の中で
陽光は退色する布地の景色の上を
　消える
歩行者の足跡の下には　より重い地面の描線たち
そして　陽の窪みたちの中では　時間の車輪が回転する
役に立たない調度たちで一杯の荷車
拷問の鉄鎖から引き離された戦利品
艶のない頬

錯乱で膨れ上がった瞼
出発することができなかった　色褪せたすべての計画
そして　欄干の下には　ゆらめく反映
不実な水
両腕で胴を抱き締めている　混血児

（*Ma chambre noire*）

鉄の健康

ありきたりの
体温《ねつ》のぼやけた反射
鏡の戯れの中で　私は私でしかない
時折り　夕暮れの近づく頃　私の欲情をかき立て
ひとつの漂着物を打ち上げる浪
それは透明な泉の　歌う正方形
不安げな獣の瞳
すばやい　這いずり
視線のシャッター音の前に整列した恐慌
そして　何とすべての不幸が私の頭上で崩れ落ちることか
私は時のすき間にもぐり込む

毎日の足どりの中で　傷痕が輝く
私の運命はすべて　偶然のほんのひと縒りに織られるまま
蜜蜂たちの笑いに襞つけられた陽光の中で
私の場所は　反目した円環の高さに
絶望の叫び
私の遭難の合図
航行不能の帆
夜の　骸骨

（*Santé de fer*）

より低声で

翼たちの鼓膜の中で　狩りは決定された
秘密を守ることへの不気味な配慮
君の乳房が　雪のように寒いとき
夏の飾りのように明るく　澄みきって
落ち葉と　受刑者たちの赤い名簿を荷った
君の瞳
牢獄のない　窓たちの反射のない
河岸《かし》にずっと沿って
欄干に逆らった不吉な夕陽に
影は城壁の下に忍び込み　街を塞ぐ
血に逆らった粘性の増水の中で

侮辱と囁きの　荷を積み過ぎた翼たち
つんぼの翼たち
低く飛ぶ翼たち
それから当然のことながら　だらだらした死の軋み音
乳房の中の平安
干上がった大地の　手袋をはめた手
残骸の中の心の最後の磯浪で
運命の最後の言葉
暖炉の　聖なる薪

（*À voix plus basse*）

より厳しい風の下で

飢餓の身震いを静めるために
ここに　白熱した雪がある
白いパンがある
茎から茎へ　海の穀束たちが整列する
地面にはもはや拡がりも　食糧もない
自由のリボン
額のない頭　自尊心のない裸の心
その高い背丈のために買いかぶられた男
放棄されてはいない　夜と昼の忍耐
彼の目は入り口で失われている
金属の大通りで

しかし　拷問から救い出された　うんざりした自白たち
言葉の薄明りの中では　裏切りの賛辞
不確かな言語の　刃のこぼれた薄片の下で
よく知られていない恥辱に包まれた深淵
悦びは無情だ
思惟は気流のひと吹きで四散する
閉め直された　墓たち
あまりに重い　世界の財宝

（*Sous le vent plus dur*）

地階

彼はほとんど季節を変えない
彼は河岸からうまく離れられない
情熱の泡を引き留める　真っ直ぐに張られた
　手綱の上で
死よりも穏やかに
少し　余白から後退して
横顔の中に失われた血の描線
愛の仕草のために　一つの渋面
しかし　彼女は自分の影をより上手く愛撫する
不在という訳ではない　裏切りの度に冗談を言う
表情

知られていない可能性の角を　別の場所へと進みながら
十字路では　数たちが蠢《うごめ》いて
しかし　この唖《おし》の音楽の中を空気が気化する
声のない言葉たちしか　もはやない
蠟で閉じられた唇
そして　均衡状態から落ちた沈黙
陽光の　影と泥
疲労の癒えた　彼の目の内奥には
記憶の　淀んだ澱

(*Sous-sol*)

手から手へ

私はもう夜のことしか思わない
尊大な思考の　溶解する長い冬
今や回路は閉じているから
死の星が暗い空の中　火花のない炎を
　曳きずる
猛り狂った冷たい両手　しかしいつも苦労して
避難所のない火床の周りで　変形した臆病な微光
破産のロータリーで
卵よりもより蒼白な貧窮
憎しみの　饐《す》えた臭いの息に打ち倒された
　板塀に対して

私は幸福の　乾いた足跡の上を歩く
丁度よいときに　開いた距離
解放された網目の　怒りっぽい破裂音の中で
鎖に留め置かれた　放棄されてはいない日々
ここにも　そこにも　もう場所はない
行き詰まって　動かないで
光の　蜂巣箱

(*De la main à la main*)

長い射程

風の網目の中の　不意をつかれた黄金の魚たち
光の弩砲《どほう》
すべての隅で発射された　渇きの巻き返し
色褪せた欲望の　過ぎ去った弛緩
囚われの波動の逆波《さかなみ》の中で　すべては混ざり合う
くぼんだ地面のように　乳房は鳴り響く
君の頬の吸い取り紙の上には影がある
そして　青い磁器のカタカタいう音がある
菫の薄板のあるすべての屋根たちの上に
木霊《こだま》を欠いた　より濃い色調の口紅《ルージュ》
丘の側面により薄く延ばされた血

方向を持たぬ　渡り鳥たち
そして　韻もなく理性もなく死んだ　これらすべての男たち
干上がった　かくも多くの心
錘《おもり》もなく
木の葉のように

(*Longue portée*)

過度に

世界は私の牢獄だ
私が愛する者から遠くにいるとしても
お前はそれほど遠くにはいない　地平の格子よ
苦悩でひび割れた地面の上
あまりに空虚な空の中には愛　そして自由
ひとつの顔が　かつて死の一部だった硬い物たちを
輝かせ　温め直す
その顔つきから
それらの身振り　その声から始まり
話しているのは私自身でしかない
鳴り響き　そして拍動する私の心臓

暖炉の衝立　優しいランプシェード
夜の馴染みの壁の間では
偽りの孤独でうっとりしている円
光輝く反映たちの束《ビーム》
後悔
これらすべての時の残滓《かけら》たちが　暖炉で弾ける
またしても　引き裂かれるひとつの面
点呼に応じないひとつの行為
死にゆく男のもとには
取るべきものはほとんど残ってはいない

（*Outre mesure*）

死文

私は弱音器を付けて飛ばなければならない
待ち伏せしている瞳たちのただ中で
傷みやすい植物たちの間で
すべてを悪くとる強欲な両手
そして　各人に戻ってくる取り分
決して同じ人にではなく
決して単独ではなく
台座を持たない　生きている古い彫像
大地のすべての曲がり角で
風のすべての眩暈で
森の空き地には　ビロードの円柱

そこで　枝たちは太陽のやすり屑だ
苔の下には　大滝の轟音
解体された欲望の雪崩
嘲笑の　脅威の
渦の中で
君の飛翔に再び取り掛かるために
操縦不能になった　硬い心

（*Lettre morte*）

垂直に

部屋という部屋で轟く稲妻に
唸りを上げ　収穫物を解く鈍い響きに
溢れ出す　秘められた真実の中に
私は君の甘い気弱さを認めた
君の額を包囲する　器具のない情熱
木のように膨れ上がった男
その枝々を折り畳んだ川
逆流させられた樹液
涸れた泉
君が記憶のざわめきの中を歩くとき
熱のない息が　溝の勾配に逆らい

嵐よりもひくく落下する
いつも　境界線の向こうに行くことを試みて
表面の夜
そして　手元の火
私は　君の耳ざわりな声
石の言葉を　聞き分ける
灰の下で　精気のない顔
空っぽの目の上の　援軍のない矢
踊る炎
不運のひび割れのない奈落への
決定的な　墜落

（*À pic*）

世界の愛

私は表面を穿たれて旅をする
音で一杯の大地を
轍《わだち》を追って飛ぶ標識を
存在の厳しさを欠いた兆しのままに
糸から糸に
声のない稲妻から
価値の回転まで
すべてが歌い　そして目を眩ませる
平面たちの中　水滴たちの中で
鉄柵が涼しげにキンポウゲへと花開く
洗われた正面《ファサード》

夜からまだほとんど戻って来ない屋根たち
そして　私の頭の中を湧き出る　すべてのざわめきたち
朝の棘たちの中でぼろぼろの服を着て
影のない距離たちの涼気
新しい地面で　過去を持たない光
私の呼びかけが曙光の中に張り付く前に
木霊《こだま》のない泉たちの閉じられた回路
大気の突風　輝く水のリボン
良く響く喉の滝
すべては数時間の予定で開かれて
幻想のない果実たちの　透明な健康
震える唇の　崩れそうな城壁

(*L'amour du monde*)

平穏の時

朝の声たちが　それぞれのドアカーテンで歌うとき
リフレインのそれぞれの角で　よりはっきりと歌うとき
光の中で　その道をつける大鎌
元通りに乾いた瞳
悲しみの勾配の　薄明りの中で
よりひそかな　必死のふんばり
より軽やかな手
それは　その軍艦を溢れ出した暴動を思わせる
自由な声　伸びゆく　雷のような
　金属性の声
透明な火事の周りでは

飢えに苦しめられた　炎
悦びの突風
狂乱の中を真っ直ぐに立った　両手の刺繍《レース》
恐怖の洋《うみ》でマストを倒された大型船
そして　風が軋り音を立てる　より密な入江たちの中では
底浪がひとつ　深みで砕ける
発条《ぜんまい》を欠いた嵐
元通りに平らになった　憤怒

（*Temps de paix*）

通り過ぎる　時が

拙く建てられた面で
祈りの薄暗い隅々で
苦い貌《かお》
砕かれた景色
切り分けられた　故郷の平面の　栄誉
担架から引き離された　黒いラシャの波浪の中で
血のうねりが　大桶の底を後退する
誇りの切っ先が　円妻壁《ペディメント》の結び目を登る
縮れた絶望が　黄昏と混じり合う
もう　鋭利なガラス片しかない
永遠の火芯に焼かれた地平線

人はいま再び　傷みの周りで刻み溝を握り締める
貧窮の支持根に躓いた　両足
うんざりするような心の　鈍いどよめき
奔流のきらめく人波の中で
木霊《こだま》の下の透明な物音で
この大地の踊りにリズムをつけながら
風に突き立てられた　刃たちによって
砕かれた情熱たちの鏡
囚われの手の誤った方角
過ち　そして夜の中を逆漕する悔恨の歌
すべてが元通りになって
私の鋼鉄の胴鎧《よろい》
慣れ親しんだ　私の影

(*Dépasse temps*)

ほろ酔い加減の頭

彼は炭火の上を素足で歩く
彼は群雲の中に外泊する
水たまりの間で陽光は味気ない
声のない橋々に沿って
くずれた　手摺り
己の手足に手を焼いている　優しい相棒
凪の中の大きな引き網には　虚弱《ひよわ》な友
彼は区域を行き　深淵の上を滑る
水源を遡るほの昏い川のように
血の輪の中に閉じ込められた流れのように
棘のない悲しみが　己の地平を光輪で囲む

波の下で肌が戦《おのの》く
己の泡立つ両手の間で　彼は影を切り分ける
雪解けの　荒い風
葉という葉を逆立てる春のため息が
草原の腹を震え上がらせる
多くの気違いじみた情熱に星散りばめられた心
命への通路に夢中になった　舳先の正面
暴風のままに　ほどける巻き毛
鏡の中では　炎は決して静まらない
灯りが消える時には　どんな反映ももちはしない
君の唇から解き放たれた　途切れがちの言葉たちが
その語たちが　虚空の中を突風となって疾《はし》ってゆく
しかし　それを語る間はほとんどない
どんな罠も　それを留めることはできない

（*Front grisé*）

この境界の向こうに

沈黙の拷問の中で
私はより注意深く
より従順で
大理石のボールたちを通り抜けて
私の沿岸地帯の　刃こぼれした浪の間で
君よりもより遠くで
何と枝々は開くことか
もし私がそれぞれの亀裂に触れるなら
もし私が自分の爪を瞳に押し当てるなら
瞼のように壊れやすく
木は豪華に　陰鬱で

そして　一葉ずつ悲嘆にくれる
さらにより遠くには　烈しい水
耐え難い苛立ち
性格の弱さ
そして　大地のすべての窯《かま》の中には
締めつけられた心の溶岩
干上がった湿っぽい石
しかし　私はもう立ち直ることはできない
すべての扉は閉じられ
木霊《こだま》は消えた
打ち砕かれた　夢たち

(*Au-delà de cette limite*)

黒い景色

暴風雨が園亭の管たちの中で　肉を剥き出しにして
　荒れ狂う
昨日よりは僅かばかり寒さは和らいだ
鉛の房《ふさ》たちが　大気を積み込む
正面《ファサード》は疱瘡だらけで
君の声の響きには　もう光はない
死が　絶えずそこにある
星たちの常にふさがらない傷痕《きずあと》たちの下では
野原が火にかざされた肌の向きを変える
路地の曲がり角で　痣の付いたすべての木霊《こだま》
それぞれの顔が　血の炎を持っている

位置を変えたそれぞれの身体《からだ》が　その堆積に息を吹きかける
猟犬の群れがいつもどおりに進む　締まりのない手綱たち
溝のない敗走の中で
より困難な歩み　差し金の掛けられた扉
倒壊する海の裾たち
鎧を着た部屋の深みで
運命の金の層が　積み重なる
盆の上の　もはや遅すぎる一撃
翼の　手の　肩の一撃
水の流れには　太陽の一撃
棘の首飾りの下《もと》　むき出しの女の頸

（*Paysage noir*）

大地の踊り

彗星が夜の中を逆漕する
光の　鉄道
毎日　もう一つ
いつでも　もう一つ
私の名前の想起を削除する
瞼の上で縁どられた　瞳の巻き毛
つややかな裸の貝殻の上を　刺繍された手
ボタン穴のような眼差したちの房べり
毎晩　もう一つ
毎夕　もう一つ
障害のない長い力業《ちからわざ》たちのリスト

何と人は悲嘆から存在へと進むことか
未来の前兆なく　待機の中に支えなく
またしても早すぎる　雷鳴
行くべき道は　もはやない
人は決してスタートラインに到着しはしないだろう
日々は　郵便受けの中の手紙たちのように滑り込む
夜々は　棺《ひつぎ》たちの底にある
生温い風によってばらばらにされた花々よ　さらば
樅の木の枝々のように丸まった指たち
地面を熊手で掃く強情な多足類
深刻な表情の気のふれた頭　樹木に覆われた国境
大声で　雷と暴動の歌
不運のしゃっくりに揺さぶられた牢獄
もはやドアも　閉じた手も　ブラックリストもなく
むき出しの足跡　轍《わだち》のない砂漠

地獄の鏡面での
虚無の　自由

(*Danse de terre*)

鉛の重荷

透きとおった妹　静かな妹
窓の垂れ幕で
木の葉のままに廻る　凍てついた人影
道標のない　靄の圧力の下
目覚めた繻子《しゅす》の笑い
苔の繊毛には　押し殺されたつぶやき
恐怖の　より密になった輪郭たち
お前たちの資力に混ぜ合わされた　運命の刻印たち
船から投げ捨てられた　潰え果てた企てたち
蜜蜂たちが喚き合う堅固な台座の上には
己の重量をはみ出た　ひとつの心

梯子《はしご》をあまりに低く登る　途方もない悔恨たち
私は　己のあらゆる想い出に背いた
私は偶然からその繰り糸を取り除く
私は砂漠を証人に立てる
そして　立ち去りながら私が破壊したものすべては
私に手招きする虚無の奈落よりも　頑丈だ
しかし　すべては渇望の篩《ふるい》の下
習慣の悲しい運命の下で　行き過ぎてしまった
毎朝　アイロンの下　引き直される地平線
私をほろ酔い加減にさせる　くぼんだ窓硝子
渇きでも　願望でも　人は死ぬことができる
あまりに長い間　同じ姿勢をとり続けたことでも
死ぬことはできる

（*Charge de plomb*）

地獄の沈黙

背後から恥辱を攻撃したすべての者たちに
通りに部屋を持たないすべての者たちに
不幸の中で手を洗うすべての者たちに
死が彼らの耳で鳴り響かんことを
潜函《せんかん》の薄板たちの間で　炎の風が吹く
心地よさから陽を当てられた　この髭剃り落した顔たちの
反抗的な顔つきをした　残骸
私は嘘の網の　編み目をほどきはしなかった
またしても　一滴ずつ寄せ集められた厳しい刻《とき》
そして　鏡の嵐の中で膨れ上がった球たち
貧窮の中でただ一人　君を追い立てる憎しみが

待っている死の逆波たちに　耳を傾ける
浜から浜へと　長い綱を引っ張らなければならない
裏切りに付き従うだろう　黒い沈黙
私の疑念を汲み尽くす血のランプ
私の記憶の周りに結い付けられた道
私の枕元で振動する　悲しみの合図
次々に転落して　私が己の高度に降下する間に
偶然の階段の縁で　あまりに早く滑りながら
秤の中には　ほんの一摑みの喜び
窪地には　悲しみの山
差し延べられた両手の間には　いかなる運も残っていない
閉じこもった心の間には　いかなる境界壁も残っていない
風の下で押しつぶされ　アドレスを持たない船たち
反対向きに回る　進路を変えた微笑みたち

(*Le silence infernal*)

人生が私を曳いていく

石と時を磨り減らす
やすりの指をした　辛抱強い機敏な手
私の記憶の鋼鉄の金具たち
切り立った太陽
夜に切り傷を付ける　稲妻たちの臼
気掛かりたちの清涼な水源の上で
そこから　不実な緩慢な靄が立ち昇る
樹々の間に張り巡らされた罠
沼の上に投げかけられた投網
倦怠に色付けする飽和した海綿
とうとう　寒気が自らの万力を緩める

秘められた情熱の万力
巣の窓には　光の束たち
森の空き地によって篩《ふるい》にかけられた刺繍《レース》の中で
一つずつ　囚人の鉄鎖が傷む
一歩　そしてすべての歩みが　同じ場所に通じている
渇望こそが
生きることへの情熱こそが
失うことへの恐怖　こっそりと
己の運命を賭けることへの恐怖を　抑えるのだ
廃墟の縁でいつも小刻みに震える手
露のみずみずしさで狂喜した走行
葦たちの間で
鉱山の廻廊で
遥か先の使命の不確かさ
それについて考える間はほとんどなく

そして　人生の場から遠ざかることも出来ずに
稼ぐための毎日
撚り合せるための毎日
　　鎖の輪を　さらに鍛えるための毎日

（*La vie m'entraîne*）

あとがき

ピエール・ルヴェルディの後期の詩集『死者たちの歌（Le Chant des morts）』（一九四四〜一九四八）の全訳である。本作はルヴェルディのカトリック信仰上での挫折体験を経たのちの作品としては、『屑鉄』（一九三七）とともにもっとも完成度の高い作品集と言えよう。絶対的な存在への希求と、その一方、圧倒的な力で己を取り巻く物質的現実世界との狭間で懊悩をしながら、詩人の筆は、「不能」「墜落」「孤立」「死」などといった暗黒のイマージュによりいっそう染まってゆく。

本作品集をご覧になった読者の中にはその暗く絶望的な世界に、暗澹たる思いをなさった方もいらっしゃるかもしれない。しかしながら、詩が言葉による無からの有なる存在物の創造行為であるとするならば、ルヴェルディは見事に老い、痛み、死んでゆく定めの人間たちの実存の有り様を非常にインパクトのある作品として一つの形に定着しえたのである。その意味で、この作品集は現代フランス詩の歴史の中でも、確実に大きな足跡を残した一冊であると言っても過言ではないであろう。

そもそもルヴェルディは精神《エスプリ》によるイマージュの完全統御という信念によって、

オートマティズムを奉じるシュルレアリストたちと訣別し、パリを離れサルト県ソレム村（ベネディクト派の大修道院がある）に隠棲したのだが、一九三〇年から一九三六年までの7年間、彼はなぜか一篇の詩作品も書いていない。実は、この時期こそが、彼のカトリックへの回心とそれに伴う熱心な信仰生活の時期だったのである。彼はブレーズ・パスカルに倣って、信仰心の力により自らの詩人としての精神を高めようと努力した。そしてその高められた精神によって、より自由に、思いのままに世界の事物を詩の竈で焼くことで優れたポエジーへと作り変えようと願ったようである。しかし不幸なことに、彼の信仰生活は完全な失敗に終わった。一九三七年に上梓された詩集『屑鉄』（暗示的な表題である）以降、彼の作風はそれまでとは全く異なったものになる。超越的な精神によるイマージュの統御と言う詩風は完全に影をひそめ、むしろ詩作品が扱う対象は外部世界から、詩人の内部世界へと移り、特に作者自身の内的苦悩をいかに詩的イマージュを使って表現し、定着していくかということが主要な課題となっていくようになる。

彼の心中に当時何が起こったのかは今もってよく分かっていない。しかし信仰生活が挫折したこと、そしてそれによって精神のよって立つべき基盤を失ったことだけは確かなようである。精神の基盤を失った詩人はより実存的になるしかなかっただろう。事物の世界に囚われ、刻々老いと死の恐怖に晒されていくだけの人間存在としての己を余すところなく記録し描写し続けること、物質界の一部へと堕ちつつ、その奈落でひたすら書き続けることだけが詩人の唯一の仕事となってくるだろう…

本作『死者たちの歌』はこのような魂の挫折の体験を経たのちの時期に書かれたルヴェルディ晩年の代表的な詩集である。作品のそこここに詩人の実存的な呻き声と自嘲の忍び笑いが聞こえぬ時はない。

「書け、書け、お前にはそれしか残されていないのだ」(『ピエール・ルヴェルディ名句集』…ジョルジュ・エルメ著)、「我々が現実なのである。…我々は現実を構成する一原子なのであり、それを判断し評価するために、そこから身をもぎ離すことはできない」(「乱雑に」)と語る、カトリック信仰挫折後、自ら創り出した精神という超越的武器の効力を失い尽くしたルヴェルディが至り着いた生身の詩人としての帰着点が、良きにつけ悪しきにつけここにはある。

最晩年彼は「私の唯一の神はランボーだった」(『シュールリアリズム』—アナ・バラキアン著)と告白したと言われている。

なお実生活におけるルヴェルディはこの時期(一九四四〜一九四八)対独、対ヴィシー政権のレジスタンス運動に関わっていた。彼は自らの生涯最大の恋人かつ親友、心の同志であったココ・シャネルが対独協力者として逮捕投獄されるのを防ぐために、シャネルとナチスドイツのスパイ組織との関係を知り尽くしていた対独協力者のルイ・ド・ヴォーフルラン男爵の捜索と逮捕拘束という荒技まで仲間のパルチザン闘士とともにやってのけている(『誰も知らなかったココ・シャネル』――ハル・ヴォーン著)。すべてシャネルを守るためであったと思われている。

詩人としての限りない内向性とレジスタンスの闘士としての蛮勇とは一見結びつかないように見えるが、ルヴェルディとシャネルとの数十年に及ぶ深過ぎる関係を考えるとき、これもルヴェルディらしい行動であったとも言えよう。実際本作品集の中でも「幽閉された 漠とした恋心の／重苦しさとともに…／彼女が私に与える飢えとあらゆる心配の種」(「高度の飢餓」)や、「たとえ両のこめかみの厚さを通して 君の声を聞けるとしても／鳴り響いているのは君の声ではない／私の瞳の底にあるのは 君の横顔ではない／しかし より遠くにある焔が その枝々をもたげてゆく」(「火も炎もなく」)などといったシャネルとの関係を念頭に置いて書かれたであろうと思われる作品が何篇かある。シャネルがナチスに協力してスパイ活動をしていたことは薄々知っていながら、ルヴェルディは結局その罪を彼女の女としての弱さのためとして赦した。最晩年にルヴェルディはシャネルにこのような最後のラブレターとも言える詩を書き残している。

親愛なるココ　ここに
僕の手に成る
僕自身による　最高のものを
こうして君に捧げる
僕の心から
僕の手によって
暗い道の果てに向けて
旅立つ前に
たとえ断罪されるにしても
たとえ赦されるにしても
知っていてほしい　君は愛されたのだと

二〇二一年六月

佐々木　洋

（追記）

本作品集は一九四八年、旧友パブロ・ピカソの百二十五枚のリトグラフとともにその初版が出版された。二十世紀において最も商業的成功をおさめた画家と、そういう事を最も忌み嫌った詩人とがこの一冊の作品集の中で競演／共作しているのも誠に興味深いことである。

訳者　佐々木 洋（ささき　よう）

詩人、詩訳家

酒田湊生まれ。
早稲田大学政経学部を経て、学習院大学仏文科大学院修士課程修了。
詩誌「ZONE」主宰
著書　詩集『北西風』、『汀にて』、『エレゲイア』
訳書　『ピエール・ルヴェルディ詩集』

ピエール・ルヴェルディ 著
詩集 死者たちの歌

発行日　二〇二一年八月三〇日
著　者　ピエール・ルヴェルディ
訳　者　佐々木　洋
発行者　知念　明子
発行所　七　月　堂
東京都世田谷区松原二―二六―六―一〇三
電話　〇三（三三二五）五七一七
FAX　〇三（三三二五）五七三一
印　刷　タイヨー美術印刷
製　本　あいずみ製本

ISBN978-4-87944-450-9 C0098